⚡ Triggerwarnung

Bitte lies dieses Buch nicht, wenn Du Dich bei folgenden Themen unwohl fühlst oder sie Dich aufregen:

- Körperliche oder sexualisierte Gewalt
- Suizid
- Tod
- Selbstverletzung
- Schwere Krankheiten
- Tod eines Kindes

Sämtliche Geschichten in diesem Werk sind vollumfänglich der Phantasie des Autors entsprungen. Ebenso sind alle darin handelnden Protagonisten frei erfunden, Ähnlichkeiten mit verstorbenen oder lebenden Personen sind zufällig und nicht beabsichtigt.

Wenn Dir Ähnliches widerfahren sein sollte, such Dir bitte Hilfe. Wende Dich an eine/n gute/n Freund/in, an einen Lehrenden oder geh zu einer Beratungsstelle. Du bist nicht allein.

ANGSTFÄNGER

Trapped in a nightmare

von H.P. Warcraft

tredition

© 2024 H.P. Warcraft

Umschlag, Illustration: H.P. Warcraft, canca.com: 'Golden sparkle' by Tatiana Trinkunas; kigenerated; 'Golden Flare Illustration' by Alex Gontar

Lektorat, Korrektorat: Christine Winter

Druck und Distribution im Auftrag des Autors: tredition GmbH, Halenreie 40-44, 22359 Hamburg, Deutschland

ISBN

Paperback   ISBN 978-3-384-31382-9

Druck und Distribution im Auftrag des Autors: tredition GmbH, Heinz-Beusen-Stieg 5, 22926 Ahrensburg, Deutschland

Inhaltsverzeichnis

Es sind Geschichten, die oftmals in der Normalität beginnen, um dann jäh die Wende ins Grausige zu nehmen. Auch, wenn der Leser meint, das Ende einer Geschichte schon absehen zu können, ist es manchmal nur ein Satz, der ihn mit in den Abgrund zieht. Unter der Oberfläche des Alltags, den der Autor gekonnt in Szene setzt, lauert manchmal etwas, das wir vielleicht lieber nicht wüssten, dem wir uns aber, einmal in die Handlung eingetaucht, gar nicht mehr entziehen können.

R.B.

Erste Geschichte:
Dunkelrotes auf weißem Grund

Die Kälte der Fliesen, auf denen sie saß, drang in ihre Knochen. Eine seltsame Gleichgültigkeit hatte sie erfasst, schien sie von innen auszuhöhlen, und Stück für Stück taub werden zu lassen. Sie zog die dicke Decke noch enger um ihren nackten Körper und blieb zusammengekauert vor der Badewanne sitzen. Noch nie in ihrem Leben war ihr so entsetzlich kalt gewesen. Ihre Finger begannen zu zittern. Teilnahmslos betrachtete sie den schmalen goldenen Reif an ihrem Ringfinger. Nach all den Jahren glänzte er wie am ersten Tag.

Das anonyme Weiß der Fliesen tat ihr plötzlich in den Augen weh, sie sehnte sich nach etwas Weichem, etwas Warmen, an das sie sich anschmiegen konnte. Doch nichts geschah. Ihre Welt bestand aus klirrender Kälte, die ihren Körper überzog, aus blauem Eis, das sich auf ihre Lippen stahl. Sie zog die Knie an und legte ihren Kopf darauf. Sie wollte nur noch schlafen, hinübergleiten ins empfindungslose Eis, wo ewiges Licht mit Frieden verschmolz. Das rhythmische Aufeinanderschlagen ihrer Zähne hallte jetzt von den Wänden wider, und vermischte sich mit ihrem rasselnden Atem. Sie wartete schon so lange. Aber der Moment entzog sich ihr, wollte ihr den sehnlichsten Wunsch nicht erfüllen. Ganz langsam streckte sie einen Finger aus, strich liebevoll über das jungfräuliche Weiß und begann, ihr Leben aufzuschreiben.

»So etwas habe ich noch nie gesehen.« Die junge Polizistin sah mitleidig auf die unbekleidete Frau herab, die an die Badewanne gelehnt da lag.

Es sah aus, als würde sie schlafen.

»Ihr Mann ist vor fünf Monaten gestorben«, antwortete ihr Kollege. »Danach erlitt sie einen Zusammenbruch und kam in eine Nervenheilanstalt. Dort verbrachte sie die letzten Monate, unter ständiger Kontrolle und ärztlicher Aufsicht. Vor ein paar Tagen wurde sie entlassen. Ihre Verwandten sagen, dass niemand mit ihrem Suizid gerechnet hat. Alle glaubten wohl, sie wäre endlich darüber hinweggekommen.« Er machte eine kurze Pause und fuhr dann ungerührt fort: »Tja, so kann man sich irren.«

Der Blick seiner jungen Kollegin glitt wieder zu der Frau zurück, die friedlich dasaß. Eine Decke lag am Boden, hatte sich mit dem karminroten Nass vollgesogen und umschlang sie nun wie ein dunkles Cape. Sie hatte sich die Pulsadern aufgeschnitten, ebenso präzise wie grausam. Doch das war es nicht, was die junge Polizistin so verstörte. Es waren vielmehr die zwei dunkelroten Worte auf weißem Grund, die gleichzeitig so viel Hoffnung und Verzweiflung offenbarten, dass sie ihr die Tränen in die Augen trieben: Ich komme.

Zweite Geschichte:

Echo der Schuld

Obwohl das Zimmer abgedunkelt ist, kann ich die Hitze spüren, die von außen gegen die Fensterscheiben drückt. Mein Großvater sitzt mir in einem zerschlissenen Sessel gegenüber. Ein alter Mann, dessen Haar grau und ausgedünnt, die Haut an den knochigen Händen mit hellbraunen Altersflecken überzogen ist. Doch ich sehe nur die wasserblauen Augen, die in unzählige Lachfalten eingebettet sind, und aus denen so viel Klugheit und Lebensweisheit spricht.

»Wenn man so alt ist wie ich«, sagt er und seine brüchige Stimme wird von der Hitze fast erstickt, »sind so viele Freunde und Verwandte gestorben, dass nur noch die Erinnerungen übrigbleiben. An gute Zeiten, in denen man gelacht und gefeiert hat und an die schlechten Zeiten, die einen geprägt und zudem gemacht haben, wer man heute ist.«

Ich bleibe still und sehe ihn an. Mein Großvater war schon immer eine wichtige Person für mich. Ich erinnere mich noch genau an seine knochigen Knie, wenn ich an Weihnachten auf seinem Schoß saß und wir uns gegenseitig die süßen Schokoladenkringel in die Münder steckten. Oder die grauen Winternachmittage, an denen wir gemeinsam am Klavier saßen und so lange spielten, bis die Melancholie des Tages wich.

»Weißt du, mein Kind, an manchen Tagen suchen mich die Gespenster der Vergangenheit heim. Dann frage ich mich, ob sie an dem Ort auf mich warten, an den ich gehen werde, wenn ich einmal nicht mehr bin. Ob sie mich bestrafen werden, für all die Verfehlungen, die ich begangen habe? Ob sie mir verzeihen und mich von dem Schmerz all der Jahre erlösen werden? An guten Tagen denke ich es zu wissen. An schlechten Tagen fürchte ich mich einfach nur.« Er bricht ab, als hätte ihn das viele Sprechen zu sehr angestrengt.

Die Hitze hat sich mittlerweile durch die zugezogenen Jalousien ins Zimmer geschlichen und streicht uns wie eine Katze um die Beine. Mir ist heiß und meine Zunge klebt am Gaumen, doch ich rühre mich nicht. Etwas liegt in der Luft und ich bin mir sicher, dass ich diesen Zauber jetzt nicht stören darf.

»Noch heute sehe ich den Truck vor mir: tausende Flüchtlinge auf dem Weg gen Westen«, fährt mein Großvater fort zu erzählen. »Ausgehungert und halb erfroren. Mütter mit kleinen Kindern, die sich ängstlich an sie drücken. Alte Männer, die sich schwer auf Stöcke stützen und humpelnd immer mehr hinter den anderen zurückbleiben, bis sie ganz verschwunden sind.«

Ich habe das Gefühl, dass sich seine Stimme unmerklich verändert hat. Sie klingt voller, vielleicht ein wenig jünger. Und der Ausdruck in seinem faltendurchzogenen Gesicht lässt erahnen, wie er früher einmal ausgesehen haben muss.

»Ich war damals ein junger Mann, ungestüm, voller Tatendrang, als warte das Leben nur auf mich, um mich reich zu beschenken. Die Kriegswirren konnten mich nicht schrecken, denn ich kannte ja kaum etwas anderes. Damals dachte ich, ich wäre gegen das viele Leid und die Schrecken des Krieges immun. Bis zu jenem Tag. Ich hatte mich gerade einer Truppe junger Soldaten angeschlossen, die auf dem Weg zur Grenze waren. Ich wollte unbedingt kämpfen, wollte dem tief verwurzelten Hass in meinem Inneren endlich ein Ziel geben. Doch es sollte nie dazu kommen. Auf dem Weg dorthin trafen wir auf eine liegengebliebene Gruppe von Flüchtlingen, deren Wagen im meterhohen Schnee stecken geblieben waren. Wir packten sofort mit an, trieben die Pferde zusammen und versuchten, die Räder freizubekommen, doch es war zwecklos. Ein Schneesturm nahte und wir waren gezwungen, uns in die wenigen Zelte zurückzuziehen. Vier endlos dauernde Tage umtoste das Heulen des Sturms unsere Zelte. Wir waren um die zwanzig Menschen und auf so engen Raum zusammengepfercht, dass der Platz noch nicht einmal für zehn gereicht hätte. Viele von uns waren dem Hungertod näher als dem Leben und besonders die Kinder waren zu jenen Zeiten ständig erkältet und starben an Lungenentzündungen. Ich erinnere mich noch genau, wann ich sie das erste Mal sah: die Mutter hatte das kleine Mädchen auf dem Schoß und der Junge drückte sich eng an sie. Der Vater, ein stämmiger Mann mit einem freundlichen Gesicht, sprach ständig auf sie ein und versicherte ihnen, dass es bald vorbei sein würde. Doch als ich in die Augen der Mutter blickte, sah ich, dass sie die Hoffnung bereits aufgegeben hatte. Mit zwei kleinen Kindern unterwegs, weder zu essen noch zu trinken, und die nächste Siedlung meilenweit entfernt. In der letzten Nacht wagten sich ein paar von uns hinaus, um die Leichen wegzuschaffen. Kaum war ich wieder drinnen, hörte ich die Frau schreien. Es war eine Mischung aus Wut und Verzweiflung, und ich schätze, es gab keinen von uns, der diese Gefühle nicht verstehen konnte. »Mach ein Ende mit uns«, schrie sie immer wieder, während ihr Mann mit fassungslosem Blick vor ihr stand. Irgendwann, als die Frau sich längst heiser geschrien hatte, nahm er seine Pistole und schoss zuerst seinen beiden Kindern in den Kopf, dann tötete er seine Frau. Zuletzt setzte er die Pistole an die eigene Schläfe und drückte ab. Das ohrenbetäubende Klicken der leeren Kammer hallte durch das ganze Zelt. Nie werde ich seinen grauenerfüllten Blick vergessen, als er mich ansah und mich stumm um meine Pistole bat. Doch ich konnte sie ihm nicht geben und blickte auch nicht auf, als er leise aus dem Zelt schlüpfte und im Sturm verschwand.«

Hatte mich zuvor die Hitze schwitzen lassen, kriecht mir jetzt eine eisige Gänsehaut über die Arme. Ich habe alles vor mir gesehen: die weitaufgerissenen Augen der verzweifelten Mutter, die wusste, dass ihren Kindern ein schrecklicher und qualvoller Hungertod bevorstand. Das tiefe Entsetzen des Mannes, dem durch einen grausamen

Streich des Schicksals der eigene Freitod verwehrt
geblieben war.

»Nun weißt du, dass ich Grund habe, mich vor
den Toten zu fürchten«, sagt mein Großvater und
sieht mich mit seinen klaren, blauen Augen an, in
denen so viel Schmerz geschrieben steht. »Denn
was ich soll ich tun, wenn ich den Mann wiedersehe
und ihm sage, dass ich diese Entscheidung Zeit meines Lebens bereut habe?«

Dritte Geschichte:
Auf leisen Schwingen

Debbie Rowe war ein abergläubischer Mensch. Im Lauf der letzten achtundzwanzig Jahre hatte sich bei ihr ein gewisses Verhaltensmuster ausgeprägt, in das sie flüchtete, weil sie sich dort einigermaßen sicher fühlte. So trat sie auch jetzt nicht auf die Verbindungsfugen der Gehwegplatten, als sie, den Blick unverwandt nach unten gerichtet, hastig durch die leeren Straßen ihres Heimatortes eilte.

Ihre kleine, zierliche Gestalt wurde von dem dicken Wintermantel in etwas Klobiges und Unförmiges verwandelt, doch sie mochte sich von dem alten Kleidungsstück nicht trennen, da es ihrem Vater gehört hatte und es das Einzige war, dass er ihr hinterlassen hatte. Obwohl es ein sonniger und warmer Herbsttag war, zog sich die Dunkelheit hinter Debbie Rowe zusammen, während sie weiterhastete.

Einem Beobachter wäre aufgefallen, dass sich die Schatten hinter der zarten Gestalt zusammenballten, als würden sie sich sammeln, um etwas Gewaltiges zu gebären. Etwas, das so grausam und böse war, dass es sich in den lichtlosen Schatten verstecken musste.

Auch Debbie Rowe spürte die Anwesenheit der Dunkelheit, doch sie wusste, dass sie nicht stehen bleiben und sich umdrehen durfte. Stattdessen beschleunigte sie ihre Schritte, wich den dunkelfeuchten Schnittstellen der Platten weiterhin aus und betete, dass sie nicht zu spät kommen würde. Um die namenlose Angst nicht aufkommen zu lassen, schimpfte sie mit sich selbst. Schon vor ein paar Tagen hatte sie sie das erste Mal bemerkt, doch da der Tod ihres Vaters noch nicht lange her war, hatte sie sich einzureden versucht, sie wären seinetwegen gekommen. Doch sie wusste es besser. Sie kamen nicht, wenn jemand eines natürlichen Todes starb, auch wenn er die Hinterbliebenen noch so schmerzte und entsetzt zurückließ.

Nein, sie kamen, um sich an gewaltigen Unfällen zu laben. Sie hielten sich an Orten auf, an denen so viel Gewalt und Tod vorkam, dass es reichte, um sie zu ernähren.

Seit Debbie Rowe denken konnte, sah sie sie.

Zum ersten Mal waren sie aufgetaucht, als sie auf die Geburtstagsparty ihrer besten Freundin Emily Bright gegangen war. Im Verlauf des Tages hatte sich der Garten der Brights immer mehr mit den furchteinflößenden Schatten gefüllt, die erst verschwunden waren, als Herbert Bright seiner treulosen Ehefrau mit einem Schlachtermesser zunächst den Kopf abgetrennt und dann sich selbst aufgeschlitzt hatte.

Seit jenem Ereignis konnte Debbie Rowe die Todesfälle sehen, die die Opfer gewaltsam aus dem Leben rissen. Sie konnte jetzt förmlich spüren, wie die Schatten sich hinter ihr stauten, als wüssten sie nicht recht, ob sie sie vorantreiben oder aufhalten sollten.

Debbie Rowe schlug den Weg zum Watergate Pier ein und befand sich nun auf der Hauptstraße des Ortes. Zu beiden Seiten der breiten Fahrbahn standen Laubbäume, deren buntfarbige Blätter sich träge im Wind bewegten. Wie ein schwarzes Tuch legte sich die Anwesenheit der Schatten über die Baumkronen und ließ ihre farbige Pracht verkümmert zurück.

Die Zeit wurde knapp.

Debbie Rowe raffte den schweren Wintermantel und rannte los. Sie wusste, dass sie den Schatten nicht davonlaufen konnte, ebenso wenig wie ihrem Schicksal, sie sehen zu können. Aber sie hatte in den letzten Jahren herausgefunden, dass es manchmal eine Chance gab, das Unglück zu verhindern. Es kostete sie jedes Mal eine fast unmenschliche Anstrengung den Menschen begreiflich zu machen, in welcher Gefahr sie sich befanden. Und hätte Debbie Rowe eine Wahl gehabt, so hätte sie wohl eher eine schmerzlosere Form der Demütigung gewählt. Sie würde sich nie an die Beschimpfungen gewöhnen, an die vulgären Ausdrücke, mit denen man sie bedachte. Oder an die ausgestreckten Finger, die missbilligend auf sie deuteten und sie als etwas Abnormales brandmarkten. Aber Debbie Rowe hatte nicht nur die Gabe, den Tod zu sehen, tief in ihrer Seele verbarg sich auch die verzweifelte Hoffnung, dass die schwere Bürde, die ihr auferlegt worden war, zu etwas Gutem dienen mochte. Und so stellte sie sich auch heute ihrem Schicksal, in dem sie außer Atem die breite Hauptstraße entlanglief. Fest in den abgetragenen Mantel ihres Vaters gehüllt, während die schwarzen Schatten ihr wie räudige Hunde auf den Fersen waren.

Schon von Weitem hatte Debbie Rowe die Musik und das ausgelassene Summen einer großen Menschenmenge gehört. Und jetzt, da sie den Pier erreicht hatte, konnte sie die dazugehörigen Buden und Karussells sehen. Es schien fast so, als sei der ganze Ort anwesend, um sich die Bäuche mit fetten Hotdogs und klebriger Zuckerwatte zu füllen und vor Vergnügen kreischend mit der Achterbahn zu fahren. Niemandem schienen die schwarzen Schatten aufzufallen, die streunend durch die Menge huschten, darauf wartend, dass auch sie sich laben konnten.

Als würde die Wirklichkeit einen winzigen Riss bekommen, sah Debbie Rowe plötzlich, was geschehen würde: die Erde bebte und statt des ausgelassenen Feierns, schrien die Menschen in Todesangst und versuchten, zu entkommen. Zur rechten Seite brannte ein Festzelt und panisch brüllende Menschen rannten heraus, sich in die Menge werfend und lichterloh brennend. Das Gerüst der Achterbahn stürzte mit einem metallenen Kreischen in sich zusammen und begrub ein Dutzend Leiber unter sich. Mit weitaufgerissenen Augen stand Debbie Rowe da und versuchte, das Unfassbare zu begreifen. Überall lagen sterbende oder bereits tote Menschen auf dem Boden, amputierte Gliedmaßen verteilten sich unwirklich zu einem makabren Puzzle, das nie wieder jemand zusammensetzen würde. Die Luft war erfüllt von grausigem Entsetzen.

Die schwarzen Schatten feierten ihr eigenes Fest und es war klar, dass ihnen niemand entkommen konnte.

Bewegungslos, gegen das grelle Sonnenlicht anblinzelnd, stand Debbie Rowe da und brauchte einen Augenblick, um die Vision abzuschütteln. Niemand hatte überlebt. Der Geruch von gebratenem Fleisch stieg ihr in die Nase und erinnerte sie würgend daran, weshalb sie hierhergekommen war.

»Ihr müsst euch in Sicherheit bringen!«, schrie sie durch die Menge rennend, die sich ihr irritiert zuwandte.

Hier und da erklang gedämpftes Lachen, einige Köpfe wurden missmutig geschüttelt, doch der Rest schenkte ihr keinerlei Beachtung.

»Bitte glaubt mir. Es wird ein furchtbares Unglück geschehen. Ihr müsst von hier weg!«

Ruckend wandten sich ihr die schwarzen Schatten zu.

»Habe ich dir nicht gesagt, dass du von hier fernbleiben sollst?«, herrschte sie plötzlich ein stämmiger Mann an und ergriff grob ihren Arm. »Wir brauchen niemanden, der uns die gute Stimmung verdirbt!«

Unheilvoll schlossen sich die Schatten zusammen und bildeten einen Kreis.

»Bitte, Mister Link, Sie sind doch der Bürgermeister, auf Sie hören die Leute. Bringen Sie sie von hier weg, sonst werden alle sterben!« Debbie Rowe traten Tränen in die Augen, als der Bürgermeister seinen Griff um ihren Arm verstärkte. Doch sie

wusste, dass sie dieses Mal nicht nachgeben durfte.
In ihrer Vision hatte niemand überlebt.
Die Schatten schienen mit einem Mal zu wachsen.
Sie dehnten sich aus, als spürten sie, dass das War-
ten bald ein Ende haben würde.

»Verschwinde von hier, du Missgeburt. Wir haben uns deine Hirngespinste lange genug angehört.
Hau endlich ab!« Der Bürgermeister hatte sie bis
zum Anfang des Piers geschleift, ließ nun abrupt ihren Arm los und wandte sich um.

Verzweifelt blieb Debbie Rowe zurück und sah
ihm nach, wie er in der Menge verschwand, die
sich lückenlos wieder hinter ihm schloss.

Über ihnen waberten die schwarzen Schatten,
in ihrer Bösartigkeit ebenso vereint, wie die Menschenmenge in ihrer Ignoranz unter ihnen.

Debbie Rowe begriff, dass sie nicht auf sie hören würden, doch die Hoffnung in ihr machte sich
schmerzhaft bemerkbar und auch wenn sie nie etwas Gutes von ihren Mitmenschen erfahren hatte,
so hielt sie es doch für ihre Pflicht, sie zu retten.
Und so lief sie erneut los und schrie auch noch ihre
Warnungen heraus, als die Erde bereits zu beben
begann.

Vierte Geschichte:

Fallhöhen

Sie sah das Messer in seiner Hand und wusste, was es zu bedeuten hatte. Er musste sie umbringen, ihrem Leben ein Ende setzen, um sich selbst zu retten. »Tu es! Tu es, verdammt nochmal. Oder ich mache es!« Sie musste gegen den eisigen Ostwind anschreien, der an jedem Stückchen Stoff zerrte, das er finden konnte. Sie sah ihm in die Augen, während sie vier Meter weiter unter ihm in der Luft hing. Das dünne Nylonseil surrte monoton im Wind. Es war ihre letzte Verbindung zu ihm. Und die musste er nun kappen, wenn auch nur einer von ihnen beiden überleben wollte.

Die kalte Luft stach ihm in die Lungen und er merkte, dass seine Fingerspitzen langsam taub wurden. Er machte sich ganz steif, verlangte alles von seinem Körper und verharrte weiterhin in seiner Position. »Ich kann es schaffen! Ich hole uns beide hier raus!« Die Schmerzen in seinem Bauch wurden immer stärker und dort, wo das Seil ihn einschnitt, spürte er schon seit einer ganzen Weile nichts mehr. Seine Kiefermuskulatur spannte sich schmerzhaft an, als er die Zähne zusammenbiss und seinen Fuß einen halben Zentimeter nach rechts verlagerte. Doch durch diese Verschiebung seiner Position geriet das Seil unter ihm nur noch mehr in Bewegung. Es pendelte erst leicht hin und her, schwang aber angesichts der Last, die an seinem anderen Ende hing, immer schneller aus. Er sah mit Entsetzen zu, wie die scharfe Kante des Vorsprungs mit ihrer Arbeit begann. Stetig schnitt sie tiefer in das dünne Nylonseil. Er hoffte, dass es dennoch eine Weile standhalten würde, denn die Zeit arbeitete gegen sie.

Sie sah das Grauen in seinen Augen und spürte, dass es kein Zurück mehr gab. Sie dachte an die vielen Jahre, die sie gemeinsam verbracht hatten: an ihren ersten Kuss, an seinen wundervollen Mund und den herrlichen Geschmack, den er auf ihren Lippen hinterließ. »Schneid mich endlich ab!«, schrie sie gegen das Tosen des Windes an und spürte gleichzeitig, wie die heißen Tränen auf ihren Wangen langsam erstarrten.

Wieder machte er eine leichte Bewegung und tastete sich mit seinem Fuß voran, bis er eine neue Stelle gefunden hatte. Fassungslos betrachtete er das Messer in seiner Hand, dessen scharfe Klinge die matten Sonnenstrahlen reflektierte, die sich in dieser Höhe durch die dichte Wolkendecke kämpften. Seine verkrampfte Muskulatur rebellierte, als er sich ein Stück nach hinten fallen ließ, um in den Abgrund zu blicken.

Sie hatte den Kopf in den Nacken gelegt und schaute stumm zu ihm auf.

Er sah, wie der Wind mit ihrem vollen Haar spielte, in das er sich damals als erstes verliebt hatte. Er wusste, wie es roch, wie es sich anfühlte, wenn er mit seinen Fingern hindurchfuhr und es liebkoste. Wütend blinzelte er die Tränen weg, die die Welt um ihn herum verschwimmen ließen. Sie hatten unzählige Male darüber gesprochen. Jeder von ihnen wusste um die Gefahren und hatte dem anderen die Erlaubnis gegeben, ihn zu töten, wenn der andere sich dadurch retten konnte. Seine Nerven vibrierten, als sich seine Finger fester um das Messer schlossen. Er erkannte, dass er sie liebte, heute noch mehr denn je. Ein gequälter Laut kam über seine Lippen, der Schmerz brach sich seinen Weg und hallte dumpf von den Felswänden wider.

Sie wusste nicht, ob sie etwas gesagt hatte oder nicht. Vielleicht hatte der Wind ihre Worte weggetragen, vielleicht hatte sie sie auch nur gedacht. Sie würden beide hier sterben.

Fieberhaft suchten seine Augen nach einem Felsvorsprung. Überall ragte der kantige Felsen hervor, doch es war unmöglich, sich mit ihrem Gewicht, das an ihm hing, hinaufzuziehen.

Sie sah anhand seiner Bewegungen, was er vorhatte. Doch sie konnte und würde es nicht zulassen, dass an diesem Ort ihr beider Leben zu Ende ging. Vorsichtig betastete sie ihr Bein und fand schließlich, wonach sie gesucht hatte.

Als hätte jemand seinen Namen geflüstert, drehte er sich um und blickte zu ihr hinab. Sein Blut schien ihm in den Adern zu gefrieren, als er sie ansah.

Sie hob ebenfalls den Kopf und blickte ihm in die Augen. Der Wind war inzwischen noch stärker geworden und zerrte und zog an dem dünnen Seil. Ihre Finger verhedderten sich immer wieder in der Leine, dennoch hielt sie ihr eigenes Messer krampfhaft fest.

Er wollte nicht, dass sie es selbst tat. Wie in Zeitlupe nahm er das Seil in seine zerschundenen Hände und setzte das Messer an.

»Ich liebe dich«, flüsterte sie leise und hoffte, dass der Wind ihr diesen letzten Gefallen tat und die Worte zu ihm trug.

»Ich liebe dich«, flüsterte er leise und spürte den Ruck, als das Seil zwischen seinen Fingern in die Tiefe glitt und es war ihm, als ob er ebenfalls starb. Stein um Stein, Felsspalte um Felsspalte, wie unter Zwang, legte er die letzten Meter bis zum nächsten Vorsprung zurück. Mit letzter Kraft zog er sich hinauf und starrte blind in die Tiefe.

Plötzlich zerschnitt das Rotieren von Hubschrauberblättern die Luft. Der Motor, der gegen die starken Windböen ankämpfte, schrie wie ein wildes Tier. Sie kamen endlich, um sie zu retten.

Zwei Minuten zu spät.

Fünfte Geschichte:

K.

Gestern blieb meine Welt stehen und die Zeit gefror. Mein Leben, das ich bis dahin geführt hatte, hörte auf zu existieren. Denn ich hatte K. wiedergetroffen.

K., den ich noch aus meiner Kindheit kannte, der sich wie ein drohender Schatten über heiße Sommertage und unbeschwerte Stunden gelegt hatte. Meine Eltern hatten ihn mir damals vorgestellt, als ich zehn Jahre alt gewesen war. Sie hatten mich dazu aufgefordert, K. kennenzulernen und ihn in unsere Familie aufzunehmen. Ich weigerte mich, schrie und tobte, doch es nutzte nichts. Von da an war K. ein ständiger Begleiter. Ich ekelte mich vor seinem Geruch, der mich an das scharfe Putzmittel meiner Mutter erinnerte und an die absterbende Haut meiner Oma. Ich mochte auch sein Aussehen nicht, diese ekelhafte Fratze, die einen angrinste und zu verhöhnen schien. Ich hasste ihn aus tiefstem Herzen, doch er blieb. Er feierte Geburtstage mit uns und Weihnachten, er kam mit in den Urlaub und zog mit uns um. K. war immer und überall.

An meinem vierzehnten Geburtstag starb mein Vater. Er hatte sich zuvor lautstark mit K. gestritten und für mich stand fest, dass er meinen Vater umgebracht hatte. Mit seiner Hartnäckigkeit und Ignoranz dem Leben gegenüber, hatte er meinen

Vater getötet. Ich war am Boden zerstört. Bei der Beerdigung weichte der strömende Regen das Gras auf und verwandelte die Welt in ein Tränenmeer. K. stand an meiner Seite, als wäre nie etwas gewesen.

Die Jahre vergingen und auch K. wurde älter. Sein beißender Spott verlor ein wenig seine Schärfe und die Gelegenheiten häuften sich, bei denen wir ihn nicht sahen. Ich dachte damals, dass er eventuell die Nase voll hatte von unserem Leben, unserem beständigen Glauben, alles würde sich zum Guten wenden. Denn er war anders. Er glaubte an Tod und Zerstörung, an die Vernichtung der Hoffnung. K. war schon immer so gewesen. Deshalb hatte ich auch nie verstanden, weshalb meine Eltern so bereitwillig mit ihm lebten. Nach dem Tod meines Vaters strafte meine Mutter K. mit Nichtbeachtung, auch sie machte ihm bittere Vorwürfe. Doch er hielt wie ein junger Hund an meiner Mutter fest. Er klammerte sich regelrecht an sie, vereinnahmte sie, und machte mich zunehmend wütender. Ich war das Kind dieser Familie, K. war nur ein Parasit!

Mit der Zeit ging es meiner Mutter immer schlechter. Jeden Tag sprach sie davon, wie sehr sie meinen Vater vermisste. Dann ging sie auf den Dachboden hinauf, kramte in alten Schuhkartons und blieb stundenlang da oben sitzen, um sich vergilbte Bilder anzusehen. Lachende Gesichter, braungebrannt am Strand, K. im Hintergrund. Ich, als kleines Baby auf dem Bauch meiner Mutter, mein stolzer Vater grinst in die Kamera, K. auch.

Meine Mutter magerte schließlich immer mehr ab, weigerte sich zu essen und lag zuletzt nur noch im Bett. Jeden Tag, wenn ich sie besuchen kam, saß K. schon stumm auf ihrer Bettkante und hielt ihre Hand. Ich erzählte wilde Geschichten vom College, das ich besuchte, fütterte sie nebenbei mit pürierten Erdbeeren, die sie so mochte, und schaffte es doch nicht, K. zu vertreiben.

Ein halbes Jahr später starb auch meine Mutter. Und an ihrem Grab, endlich, verließ mich K. Besiegt, heimatlos, unnütz geworden, ging er fort. Verschwand aus meinem Leben, das nur noch ein Trümmerhaufen war.

Gestern blieb meine Welt stehen und die Zeit gefror. Mein Leben, das ich bis dahin geführt hatte, hörte auf zu existieren. Denn ich hatte K. wiedergetroffen. Es war bei einem Routinecheck, im Sprechzimmer des Arztes, als ich ihn sah und wiedererkannte. Er hatte sich verändert, war älter geworden und grauer, aber es war der K., der mich fast mein ganzes Leben lang begleitet hatte.

»Es tut mir leid«, hörte ich den Arzt wie aus weiter Ferne sagen, während ich K. feindselig anstarrte. »Wir haben bei Ihnen Metastasen in der Lunge und im Unterleib gefunden. Wie Sie wissen, ist bei Ihnen die Wahrscheinlichkeit an Krebs zu erkranken, da beide Elternteile betroffen waren, erheblich größer. Die Heilungschancen liegen bei etwa zwanzig Prozent, es sieht also nicht gut aus. Es tut mir wirklich leid.«

Ich nickte nur und sah K. an, der mich angrinste
und hinter dessen Fassade ich all die Schrecklich-
keiten sah, die er mit sich brachte. Jahrelang hatte
ich mir eingeredet, ihn mit meiner Feindseligkeit
vertrieben zu haben. Doch ich hatte mich geirrt: K.
würde nicht eher ruhen, bis er auch mich geholt
hatte.

Sechste Geschichte:

Haus der Stille

Es ist lange her, dass ich dich besucht habe. Ich sitze still neben dir und halte deine Hand, die blass und kraftlos in meiner liegt. Dein starrer Blick sieht durch mich hindurch und das ist es, was mich am meisten schmerzt.

Bilder aus unserer Vergangenheit lösen sich vom Grund des Vergessens und steigen auf, treiben an der Oberfläche meines Bewusstseins. Ich sehe das alte Waisenhaus vor mir, mit dem gelbstichigen Anstrich der an so vielen Stellen bereits abblätterte. Die schiefen Fenster, die wie Augenhöhlen aussahen und die schwere hölzerne Eingangstür. Der 'Schlund zur Hölle', wie wir ihn nannten. Und es *war* die Hölle, als wir damals dort ankamen. Heimatlose, verängstigt, elternlos, die man vertrieben hatte. Wenn ich mich ganz stark konzentriere, fühle ich noch immer deine Hand in meiner, die so fest zudrückt, dass es mir weh tut.

Nach dem Tod unserer Eltern wurde ich zur Erwachsenen, über Nacht wogen die vier Jahre Altersunterschied zwischen uns plötzlich schwerer und es war selbstverständlich, dass ich von nun an für dich verantwortlich war. Ich half dir beim Waschen und zog dich an und aus. Weil du wieder angefangen hattest ins Bett zu machen, wechselte ich heimlich deine Laken, stopfte sie unter meine Matratze und gab dir meine. Bei der Essensausgabe bekamst du stets die Hälfte von meiner Portion ab, in der Hoffnung, so deinen verlorenen Appetit wieder anzuregen. Wenn all unsere Aufgaben erledigt waren, zog ich dich in mein Geheimversteck im Flur, in einen fast leeren Wandschrank, und dort, zwischen Schrubbern und Besen, die nach Desinfektionsmitteln rochen, erzählte ich dir meine Geschichten. Obwohl ich in der Dunkelheit dein Gesicht nicht sehen konnte, hörte ich dein leises Lachen. Und ich war zufrieden, wenn du blind umhergetastet hast, um hilfesuchend nach mir zu greifen, weil dich eine der Geschichten so erschreckte.

Ich hätte nie gedacht, dass einmal der Tag kommen würde, an dem ich dich nicht beschützen konnte. Zu sicher war ich mir, alles im Griff zu haben. Die anderen Mädchen ließen uns in Ruhe und taten sie es nicht, bewies ich meine Stärke jederzeit aufs Neue und prügelte ihnen Respekt ein. Nach meiner ersten Prügelei weinte ich die ganze Nacht hindurch. Das darauffolgende Mal wusste ich, dass es um unser Überleben ging. Damals wurde ich hart. Nur du konntest mir ein Lächeln entlocken oder brachtest mich dazu, verrückte Dinge zu tun.

Doch dann kam der Tag, an dem sich unser Leben für immer verändern sollte.

Die Aufseherin holte uns schon früh aus den Betten, ließ uns alle in einer Reihe aufstellen und trat dann zur Seite, um einen Mann vorzulassen. Er war groß und hatte einen muskelbepackten Oberkörper. Sein schwarzes Haar glänzte ölig und er schenkte und ein schmieriges Grinsen, wobei er jede Einzelne von uns genau in Augenschein nahm.

»Das ist Mister Eddy Gonzales. Er ist ab heute unser neuer Hausmeister«, erklärte die Aufseherin.

Ich wusste sofort, was für eine Sorte Mensch da vor uns stand und war mir sicher, dass Eddy Gonzales uns noch jede Menge Ärger machen würde.

Es ging ungefähr einen Monat lang gut. Eddy bohnerte die Böden, putzte die Fenster und kümmerte sich um alle anfallenden Reparaturen. Es kam häufig vor, dass er sich in die Dusche stahl, wenn ein paar der Mädchen sich dort aufhielten. Dann gab er vor, die Wasserhähne zu reparieren. Oder er wischte immer dann den Boden vom Schlafsaal, wenn es für uns Zeit wurde, sich für den vorgeschriebenen Mittagsschlaf hinzulegen.

Mit der Zeit merkte ich, dass sein Interesse an den anderen Mädchen abnahm und sein Blick immer öfter an dir hängen blieb. Er studierte jede deiner Bewegungen, starrte minutenlang deine Beine oder deinen Po an, ohne einen Hehl daraus zu machen, was er sich dabei vorstellte. Ich war noch wachsamer als sonst, ließ dich keine Sekunde aus den Augen und hielt mich immer in deiner Nähe auf. Doch an jenem verhängnisvollen Tag geriet ich erneut in eine Schlägerei und wurde zusammen mit dem anderen Mädchen zur Direktorin gebracht. Ich weiß noch, wie ich hinter mich blickte. Du standest mutterseelenallein im Flur und hast mir nachgesehen. Kurz bevor ich um die Ecke geschleift wurde, sah ich Eddy, der mit einem breiten Grinsen langsam auf dich zukam. Ich begann zu schreien. Ich war rasend vor Wut, schlug und trat um mich, doch die Aufseherin war stärker und hielt mich unbarmherzig fest. Ich bekam die Direktorin an diesem Tag gar nich erst zu sehen, sondern wurde gleich ins 'Loch' gesteckt. Ein fensterloser Raum, in dem die Ewigkeit wohnte. Stundenlang schrie ich mich heiser, trommelte mit meinen Fäusten an die Wände bis sie bluteten, doch es nutzte nichts. Drei endlos lange Tage ließen sie mich im Loch sitzen.

Als ich wieder rauskam, war ich geschwächt, ausgehungert und halb blind vom grellen Tageslicht. Ich begab mich sofort auf die Suche nach dir, fragte jeden, der mir über den Weg lief und erntete nur mitleidige Blicke. Ich fand dich schließlich im Schlafsaal. Du lagst auf meinem Bett und hattest dich zu einer kleinen Kugel zusammengerollt. Ich machte ein paar Schritte auf dich zu und das genügte bereits, um den durchdringenden Geruch nach Urin wahrzunehmen. Als ich das viele Blut zwischen deinen Beinen sah, schluchzte ich laut auf und fiel auf die Knie. Ich war zu spät gekommen.

Im nächsten Moment kam ich wieder hoch, hob dich auf und ging mit dir zusammen zu den Duschräumen. Dort saßen wir beide lange Zeit, während ich dich sanft in meinen Armen wiegte und dir immer wieder sagte, dass alles gut werden würde.

»Es tut so weh«, sagtest du heiser und vergrubst weinend dein Gesicht an meiner Schulter. Es war der letzte Satz, der je wieder über deine Lippen kommen sollte.

Heute sitze ich neben dir, es ist lange her, dass ich dich besucht habe. Denn der Schmerz, der in mir aufwallt, wenn ich dich sehe, bringt mich fast um. »Ich habe ihn gefunden«, sage ich leise, obwohl ich nicht weiß, ob du mich an dem Ort hören kannst, an dem du jetzt bist. »Ich habe Eddy gefunden.« Ich schaue dich an, warte auf eine Reaktion von dir.

Doch da ist nichts. Nur verzweifelte Leere, die mir antwortet.

»Ich gehe jetzt«, sage ich und gebe dir einen Kuss auf die Stirn. »Wenn du heute Abend schlafen gehst, wirst du keine Angst mehr haben müssen. Denn heute Abend wird er tot sein«, murmele ich und wende mich zum Gehen. Ich drehe mich ein letztes Mal um und schaue dich an, wie du mit entrücktem Blick vor dem Fenster sitzt. Für einen kurzen Augenblick habe ich das Gefühl, dass ein zaghaftes Lächeln über dein Gesicht huscht. Dann ist der Moment vorbei und ich gehe zum Ausgang. Ich mache mich auf den Weg, um meine letzte Aufgabe zu erfüllen.

Siebte Geschichte:

Rosentage

Der Innenhof war in das helle Licht der Nachmittagssonne getaucht, als Alison ihn betrat. Der wilde Duft der Blumen und das ruhig dahinfließende Plätschern des kleinen Baches, ließen sie kurz die Augen schließen und tief Luft holen. Sie liebte diesen Ort, an den sie fast täglich kam und der ihr inzwischen so vertraut war. Alison öffnete die Augen wieder und erkannte lächelnd, dass sie bereits erwartet wurde. Neugierige Gesichter lugten hinter weißen Leinwänden zu ihr herüber, fragend wurden Augenbrauen hochgezogen und hier und da hörte man ein verwirrtes Lachen.

»Hallo zusammen«, grüßte sie in die Runde und ging dabei von einem zum anderen, um ihre Schützlinge kurz zu berühren und ihnen ein Gefühl für ihre Nähe zu geben. »Heute werden wir das Grün ausprobieren«, beschloss sie und holte die Malutensilien heraus. Es gab für jeden einen Pinsel, einen kleinen Topf Farbe und ermunternde Worte, es einfach zu probieren. Alison kannte ihre Schüler inzwischen gut genug, um zu wissen, wer seine Zeit brauchte, um die ersten zaghaften Pinselstriche zu setzen und wer sich mit Begeisterung auf die jungfräuliche Leinwand stürzte. Geduldig ging sie zwischen den Staffeleien umher, bewunderte die einzelnen Kunstwerke und gab Hilfestellungen.

Sie waren bereits seit einer Stunde mit dem Malen beschäftigt, als Alison die Frau sah. Sie stand an den Rosenbüschen, eine Hand ausgestreckt, als wolle sie die prallen Blüten berühren, mitten in der Bewegung verharrend. Ihr weizenblondes Haar fiel ihr in Kaskaden über die spitzen Schultern und verlieh ihrem Gesicht weiche Züge. Sie trug einen hellblauen Rock und eine weiße Bluse, ihre Füße waren nackt.

Alisons Blick blieb wie gebannt auf der Frau ruhen und sie merkte, wie sich ihr eigener Herzschlag beschleunigte. Jeden Tag wartete Alison darauf, dass sie diese Frau sah. Ihre grazilen Bewegungen straften ihren abwesenden Blick Lüge und ihr anmutiger Gang konnte über die Hilflosigkeit nicht hinwegtäuschen.

»Das ist gut so, das machst du toll«, bestärkte Alison einen ihrer Schüler, während sie sich langsam in Richtung der anderen Frau bewegte. Ganz behutsam näherte sie sich ihr, denn sie wusste aus früheren Begegnungen, dass sie vorsichtig sein musste. »Hallo«, sagte Alison leise, als sie nahe genug war, um von der Frau wahrgenommen zu werden.

»Hallo«, grüßte die andere freundlich zurück und schenkte Alison einen entrückten Blick. »Ist sie nicht wunderschön?«

»Ja, dass ist sie«, erwiderte Alison und musste gegen den Kloß im Hals ankämpfen. »Rosen sind meine Lieblingsblumen.«

»Oh, meine auch«, sagte die Frau freudig und für einen kurzen Augenblick blitzte ein Lächeln in ihrem Gesicht auf.

»Ich weiß.« Alison streckte die Hand aus, doch noch bevor sie den Arm der Frau berühren konnte, ließ sie sie wieder sinken. Sie wusste, dass es keinen Zweck hatte.

»Wie heißen Sie, mein Kind?«, fragte die Frau den Blick liebevoll auf die Rosen gerichtet, die sacht im Wind schwankten.

»Ich heiße Alison.«

»Ein wunderschöner Name für ein Mädchen. Wenn ich eine Tochter hätte, würde ich sie auch so nennen.«

Jäh schossen Alison Tränen in die Augen. Wie oft hatte sie diese Szene schon durchlitten? Warum hatte sie sich gerade diese Anstellung als Mallehrerin ausgesucht? Warum konnte sie nicht auch vergessen?

»Sind sie nicht wunderschön?«, fragte die Frau wieder, streckte eine Hand aus, als wolle sie die duftenden Blüten berühren und verharrte mitten in der Bewegung. »Rosen sind meine Lieblingsblumen.«

»Ich weiß, Mama«, antwortete Alison leise, während eine einzelne Träne über ihre Wange lief. »Meine auch.«

Achte Geschichte:

Schmetterlinge im Regen

Der Tag sickerte mit seinem grauen Licht durch die halb zugezogenen Jalousien und hinterließ auf der Arbeitsfläche einen gestreiften Schatten. Jane stand bewegungslos davor, die Hände auf der kalten Oberfläche abgestützt, und starrte ins Leere. Sie nahm weder die gemütlich eingerichtete Küche um sich herum wahr, noch den Geruch von frischem Weißbrot, dessen weiße Haut langsam im Toaster verbrannte. Sie stand einfach nur da und versuchte, ihre Gedanken einzufangen, die wie betrunkene Schmetterlinge um sie herumtanzten.

Was für ein Tag war heute, fragte sie die Person, die sie für sich selbst hielt, aber sie bekam keine Antwort. Dann gab sie sich plötzlich einen Ruck, straffte die Schultern, fing die trudelnden Schmetterlinge ein und befreite das inzwischen schwarzgewordene Weißbrot aus den Fängen des Toasters.

»Elise. Anna. Das Frühstück ist fertig!« Ihre Stimme sprang mühelos über die teppichbedeckten Stufen ins Obergeschoss und huschte um die Ecke ins Zimmer der Zwillinge. »Beeilt euch, ihr kommt sonst zu spät zur Schule!« Janes Stimme kehrte wieder zu ihr zurück und beobachtete Jane dabei, wie sie die verkohlten Weißbrote mit Erdnussbutter und Marmelade bestrich, um sie in die zwei bereitstehenden Brotdosen zu legen. Beide waren zuckerwatterosa und mit bunten Glassteinen verziert.

Die Schmetterlinge erinnerten sich an den Nachmittag, an dem Jane zusammen mit ihren Töchtern auf dem Holzfußboden des Wohnzimmers gesessen und mit ihnen gebastelt hatte.

Rasch holte Jane aus und erschlug einen der Gedankenschmetterlinge, der so unvorsichtig gewesen war und sich zu weit hinausgewagt hatte.
»Los jetzt, Abmarsch!«, rief sie, während sie in den Flur ging und sich einen alten Mantel überwarf, der wie ein ungeliebter Verwandter an ihr herunterhing und ihr das Atmen erschwerte.
Als Jane vor die Tür trat, durchschnitten eiskalte Regensplitter den trübseligen Tag, die sie zurück ins Haus stoßen wollten, als sei sie nicht willkommen. Trotzig stemmte sich Jane gegen den harten Wind, ließ sich vom Mantel umklammern und machte sich auf den Weg. Die Mädchen sollten nicht allein zur Schule gehen. Seit einer Woche war der Schulbus, das gelbe, zahnlose Ungeheuer, das auch schon Jane zur Schule gebracht hatte, außer Betrieb. Irgendetwas stimmte nicht mit den Bremsen und so waren sie und die Zwillinge gezwungen, den Weg zu Fuß zurückzulegen. Die beiden Brotdosen unter den Arm geklemmt, mit einer Hand den Mantel am Wegwehen hindernd, stieß sich Jane voran. Sie war froh um die Beschäftigung, auch wenn es nur der Kampf mit dem Wind war,

erinnerte es sie doch an etwas, das sie vor langer Zeit einmal gewusst hatte.

Wieder flatterte ein Schmetterling unvorsichtigerweise vor ihr her und wurde von kalten Sturmhänden von ihr fortgerissen.

Jane machte sich nicht die Mühe, sich umzudrehen und nachzusehen, wohin er verschwand.

Nachdem sie die Schlacht gewonnen hatte, war sie bis auf die Haut durchnässt und jetzt wärmte sie mehr den Mantel als er sie, doch sie war endlich am Ziel angekommen. Die großen, schweren Holztüren der Schule schwangen auf und hießen sie mit warmer Luft willkommen, die nach verschwitztem Kinderhaar und Brotpapier roch.

»Meine Töchter hätten beinahe ihr Pausenbrot vergessen.« Jane stand unbeweglich in der Tür des Klassenzimmers. Zu ihren Füßen bildete sich eine Pfütze, in der langsam ihre Hoffnung ertrank.

»Mrs. Austin«, setzte die Lehrerin an, doch den Rest des Satzes verschlangen ihre klappernden Absätze, während sie eilig auf Jane zugeeilt kam, und sie unbeholfen am Arm fasste. Der mitleidige Blick der anderen Frau streifte Jane kurz, bevor er umherhuschte, um nach Hilfe Ausschau zu halten. »Mrs. Austin, wissen Sie den nicht mehr? Der Schulbus...defekte Bremsen...Unfall...ihre beiden Mädchen...Beerdigung...vergangenen Donnerstag.«

Während sich die leeren Worthülsen an Janes Körper festsetzten, sich in ihr Haar klammerten, an ihren Händen hängenblieben und sich in ihren

Wimpern verhakten, betrachtete Jane zwei blaue, fast identische Schmetterlinge, die ausgelassen in der warmen Luft umherflogen.

»Es tut mir so unglaublich leid.« Die Worte der anderen Frau verschmolzen mit dem kalten Lufthauch, der durch die geöffneten Flügeltüren eindrang und die zwei blauen Schmetterlinge in den Regen hinaussog.

Jane sah ihnen nach, so lange bis das irisierende Blau der dünnen Flügel hinter dem Regenschleier verschwand. »Dann komme ich morgen wieder«, sagte Janes Stimme und huschte hinaus, um den Schmetterlingen im Regen zu folgen.

Neunte Geschichte:

Der Wächter

Die Sonne zerspringt fast an einem blankgeputzten Himmel. Ich sitze auf einer Bank vor einem Haus, dessen Fassade mit wunderschönen Rosen berankt ist, die die langstieligen Hälse recken, um ihre roten Köpfe den Sonnenstrahlen zuzuwenden.

Es ist Mittag. Die Straßen sind bevölkert mit Menschen, die zum Mittagessen ins nächste Restaurant eilen oder die dahinschlendern, den Kopf weit in den Nacken gelegt, um die Rückkehr ins stickige Büro hinauszuzögern. Sie laufen an mir vorbei, ohne mich zu bemerken. In der breiten Straße in der die Bank steht, auf der ich sitze, befindet sich auf der gegenüberliegenden Seite ein großzügiger Garten. Mannshohe Büsche säumen die Vorderseite und sollen vor allzu aufdringlichen Blicken schützen. Doch gerade dort, wo ich sitze, kann ich direkt in den Garten sehen. Ein kleiner Junge, ich weiß, dass er sieben Jahre alt ist, spielt dort. Er ist ganz gefangen von seinem Spiel: er rennt, so schnell er kann, hinter einem großen Plastikball her. Er springt und lacht, und breitet wild grimassierend die Arme aus, als wäre er ein Superheld, der sich im Landeanflug befindet. Das Spielen des Jungen lässt mich schmunzeln. Sein blondes Haar fängt die Liebkosungen der Sonne ein, die es zum Leuchten bringt. Seine zierliche Statur und die blass aussehende Haut strafen die Ausgelassenheit mit der er sich bewegt, Lüge. Er ist ein kleiner Junge, dem die ganze Welt zu Füßen liegt. Ich stehe auf und überquere die Straße. Meine Schritte verhallen lautlos auf dem warmen Asphalt, als ich mich dem Garten nähere. Der Duft der Rosen legt sich auf meine Zunge und weil ich noch ein bisschen Zeit habe, bleibe ich einen kurzen Augenblick stehen, um das verführerische Aroma mit geschlossenen Augen zu schmecken.

Ein lautes Rufen dringt zu mir. Es ist an der Zeit.

»Thomas, um Gottes Willen, zu Hilfe! Ich brauche Hilfe!«

Ich sehe sofort, dass es die Mutter des kleinen Jungen ist. Sie haben denselben Goldton in den Haaren, der sie beinahe wie Engel aussehen lässt. Wieder muss ich schmunzeln. Ich gehe näher heran und jetzt kann ich sie sehen.

»Bitte, mein Liebling, tu mir das nicht an«, schluchzt sie verzweifelt. Sie kniet neben ihrem Sohn, das schöne Gesicht vor Sorge und Qual ganz verzerrt, und presst den Jungen fest an sich, der leblos in ihren Armen liegt.

Ich stehe neben ihr und sehe auf den Jungen hinab. Langsam knie auch ich mich hin und berühre die weiche Haut des Jungen, die sich unter meinen Fingerspitzen wie kühle Blütenblätter anfühlt. »Wach auf, Thomas«, flüstere ich und lächle, als er die Augen aufschlägt. »Deine Zeit ist noch nicht gekommen.«

Einen grenzenlosen Augenblick lang, zeige ich ihm was Leben bedeutet. Dann überfällt mich plötzlich das mir schon bekannte Sehnen. Es zerrt und reißt an mir und ich ergebe mich ihm willig, um in meine Heimat zurückzukehren. Ich bedaure, dass es an der Zeit ist zu gehen. Aber ich freue mich schon aufs nächste Mal. Wenn ich wieder all die vielen Wunder bestaunen darf.

Und während ich mich aufzulösen beginne, höre ich noch die Stimme des kleinen Jungen, der sich mit glänzenden Augen in die Arme seiner Mutter schmiegt und von mir erzählt: »Mommy, das hättest du sehen müssen! Da war ein Mann und der sah wie ein echter Engel aus.«

Zehnte Geschichte:

Vergessene Zeilen

Sie hielt die Postkarte so fest in der Hand, dass ihre Fingerknöchel weiß hervortraten. Ihr Atem ging stoßweise und sie hatte das Gefühl jeden Augenblick zu sterben. Sich einfach aufzulösen, in unendlich viele kleine Tausendstel zu zerfallen, die dann der Wind davontragen würde.

Wie konnte er ihr das nur antun?

Die Liebe, die sie schon fast vergessen geglaubt hatte, schlug über ihr zusammen, legte sich wie eine feingewobene Decke aus warmen Sonnenstrahlen über ihre Haut und hüllte sie ein. Ihr Herz schlug so schnell, als wolle es die verlorene Zeit einholen, die Sehnsucht Lüge strafen und die Vergangenheit wieder lebendig werden lassen. Die hastig hingeworfenen Zeilen verschwammen vor ihren Augen. Sie gab ihren Widerstand auf und kämpfte nicht weiter gegen die getarnte Hoffnung an, die in Verzweiflung umschlagen würde, sobald sie die Augen wieder öffnete. Schluchzend sank sie zu Boden. Jäh war alles wieder da: der Geruch seiner Haut, der sie immer an den Sommer erinnert hatte, seine meergrünen Augen, in denen sie ihre eigene kleine Welt hatte sehen können, seine Hände, die sie zärtlich umfingen und in Sicherheit wiegen konnten. Es war, als würde er neben ihr stehen, sie mit einem schiefen Grinsen ansehen und sagen, alles würde

wieder gut werden. Aber das würde es nicht. Nie
mehr. Sie hatte sich vorgenommen zu vergessen,
weiter zu machen, nach vorn zu blicken. Schreiend
zerriss sie die Postkarte und als die Schnipsel zu Boden fielen, hörte sie, wie ihr Herz ein zweites Mal
brach.

Wochen waren vergangen und der Schmerz hatte
sich nicht gelegt. So sehr sie sich auch dagegen ge-
sträubt hatte, so hatte sie doch gewusst, dass ihr
Weg wieder zu ihm führen würde. Zu ihm, ihrem
Mann, ihr einzigen großen Liebe.

Einen ganzen Nachmittag lang hatte sie die ver-
streuten Schnipsel vom Boden aufgeklaubt und sie
mühevoll wieder zusammengesetzt. Erst da war ihr
aufgefallen, dass sie die Worte gar nicht gelesen
hatte.

Jetzt holte sie die kitschige Postkarte aus ihrer
Manteltasche, las sie noch einmal und lächelte. Ja,
sie liebte ihn, immer noch. Und nichts auf der Welt
konnte das ändern. Erstaunt bemerkte sie, dass sie
an ihrem Ziel angekommen war. Behutsam kniete
sie sich hin, strich über das dünne Gras und lehnte
die Karte an den grauen verwitterten Grabstein, auf
den das matte Licht der zarten Frühlingssonne fiel.

»Ich habe Post von dir bekommen«, sagte sie
leise und konnte die Tränen nicht mehr zurückhal-
ten. »Du hattest Recht, als du damals sagtest, die
Briefträger von Costa Rica wären so langsam, dass
du wahrscheinlich schon gestorben bist, wenn sie
endlich ankommt.«

Elfte Geschichte:

Dunkles Wasser

Der Regen kam von rechts und traf sie so hart im Gesicht, als würden die kalten Wassertropfen aus Stein bestehen. Ihre Jeanshose war völlig durchnässt und sie spürte, wie der harte Stoff sich an ihrer wunden Haut rieb. Ihr war entsetzlich kalt, ihre Zähne schlugen unkontrolliert aufeinander und sie hatte Mühe, sich vorwärts zu schleppen. Durch die dichten Regenmassen sah sie die anderen aus der Gruppe kaum noch. Verwaschene Umrisse, die ein paar Meter vor ihr her torkelten, genauso erschöpft wie sie, und in Todesangst. Würden sie es schaffen, noch vor der Flut das rettende Ufer zu erreichen? Sie dachte an ihren Lehrer, der irgendwo tot im nassen Schlick lag, das Gesicht nach unten in den nassen Matsch gedrückt. Zuerst hatten ihn ein paar von ihnen getragen, doch nach einer Weile hatten sie eingesehen, dass dieses Unterfangen zum Scheitern verurteilt war. Als sie daran dachte, wie er vor ein paar Stunden mit schmerzverzerrtem Gesicht vor ihr zusammengebrochen und nicht wieder aufgestanden war, wurde ihr übel. Er war ein netter, älterer Herr gewesen, der ihnen im Biologieunterricht viel über das Wattenmeer erzählt hatte. Doch nun war er tot, wahrscheinlich hatte ihn die Flut bereits in ihre Arme genommen und schaukelte ihn hinüber ins Totenreich.

Eine Sturmböe traf sie unvermittelt und sie geriet ins Straucheln. Plötzlich sackte ihr rechtes Bein weg und im nächsten Augenblick stand sie bis zur Hüfte im kalten Wasser. Ein Priel, getarnt mit Wassermengen, so dass das Loch nicht auszumachen war. Panisch schrie sie nach den anderen, fuchtelte wild mit den Armen, um sich bemerkbar zu machen, doch sie konnte ihre eigene Stimme durch den heulenden Wind nicht verstehen.
Heiße Tränen liefen ihr übers Gesicht, als sich ihre Klassenkameraden immer weiter von ihr entfernten. Ihre Gummistiefel waren voller Wasser und je mehr sie versuchte, sich aus dem Loch zu befreien, desto tiefer sank sie ein. Ihr Regenmantel hing bleischwer an ihr herunter und sie hatte das Gefühl, als würde er sie umklammern, damit sie seinem Verbündeten, dem Tod, nicht entging. Schluchzend stand sie da und wiegte sich hin und her.

Der Sturm trieb nach wie vor unablässig kalten, harten Regen vor sich her und sie zog den Kopf zwischen die Schultern, um sich zu schützen. Sie spürte, wie sich ihre Blase wieder bemerkbar machte. Schon seit einer ganzen Weile musste sie dringend auf Toilette, doch sie hatte sich geschämt, einfach so wie die anderen in die Hose zu machen. Jetzt gab sie dem Druck nach und atmete erleichtert auf, als das bisschen Wärme auf ihren Körper traf. Noch einmal schrie sie aus Leibeskräften, doch der Sturm nahm ihren Atem mit und verwehte ihn über das nasse Land.

Plötzlich hatte sie das Gefühl, etwas gehört zu haben und drehte den Kopf, soweit es ging, in die entgegengesetzte Richtung.

Da war es wieder. Ein leises, sich anschleichendes Rauschen.

Sie begriff nicht und dachte im ersten Augenblick, dass einer ihrer Klassenkameraden zurückgekommen war, um sie zu retten. Angestrengt lauschte sie, versuchte das wütende Heulen des Sturms auszublenden, und sich vollkommen auf das leise Geräusch zu konzentrieren, das inzwischen zu einem Plätschern geworden war. Schlagartig wusste sie, was sie da hörte: die Flut kam.

Langsam, aber unaufhaltsam, eroberte das Meer das Watt zurück und machte es sich wieder untertan.

Völlig verzweifelt begann sie zu strampeln, wühlte das Wasser in dem kleinen Loch auf und schrie sich die Seele aus dem Leib. Sie wollte noch nicht sterben, nicht jetzt, sie war doch erst vierzehn Jahre alt! Ihre aufgerissenen und taubgewordenen Finger griffen in den nassen Sand, suchten fieberhaft nach einem Halt, doch sie fanden keinen. Sie schluchzte verzweifelt auf und versuchte, sich aus ihrem Regenmantel zu befreien. Doch ihre Arme wurden immer schwerer, ihre Muskeln begannen unkontrolliert zu zucken, und sie spürte, dass sie keine Kraft mehr hatte. Nicht mehr um zu kämpfen, nicht mehr um zu schreien. Resigniert ließ sie den Kopf sinken und schloss die Augen.

Hinter ihrem Rücken konnte sie das zurückkehrende Wasser hören. Es flüsterte und rauschte, es streckte ein paar nasse Finger nach ihr aus und füllte den Priel noch weiter auf. Das Wasser schien in jede ihrer Poren einzudringen. Es machte sie bleischwer, überzog sie am ganzen Körper mit Gänsehaut und färbte ihre Lippen blau.

Bald stand sie bis zu den Schultern im kalten Wasser, doch seltsamerweise spürte sie nichts mehr. Der Sturm wurde leiser, und irgendwo in der Ferne sah sie ein gleißend helles Licht, das auf sie zukam. Sie konnte ihren eigenen Herzschlag in den Ohren hören, der immer langsamer und träger wurde, als wäre ihr Herz dabei einzuschlafen. Ihre Augen wurden immer schwerer. Von fern hörte sie ein Summen und es war die schönste Melodie, die sie je gehört hatte. Sie legte den Kopf in den Nacken und schloss die Augen. Das Licht war jetzt ganz nah…

Zwölfte Geschichte:

Bis zum Hals

Der Wind umstrich den grauen Leichenwagen, in dem es nach schmerzlichem Verlust und den ekelhaft süßen Blumengebinden roch, die stets auf frische Gräber gelegt wurden. Scarlett rieb sich die mit Gänsehaut überzogenen Arme und obwohl sie ihren Lieblingsparker und dick gefütterte Stiefel trug, fror sie. Wie lange, arthritische Finger kratzten die knorrigen Äste an der Windschutzscheibe entlang, als der Leichenwagen holpernd über den ausgetreten Friedhofsweg fuhr. In der grauen Dämmerung, die langsam aufzog und die Umgebung in ein Leichentuch zu hüllen schien, konnte Scarlett nur noch schemenhaft erkennen, wo sie sich gerade befanden. Die altersschwache Heizung des Leichenwagens blies fortwährend feuchtwarme Luft in den Innenraum und Scarlett musste gegen den Impuls ankämpfen, das Fenster herunter zu kurbeln, und tief die klirrend kalte Abendluft einzuatmen bis sie in den Lungen stach. Aber sie wusste, dass ihr Onkel Murry, der stoisch auf der Fahrerseite saß, nach vorn gebeugt und beide Hände krampfhaft ums Lenkrad geschlungen, die kleinen Augen mühsam gegen die schläfrige Dämmerung zusammengekniffen, nichts davon halten würde, wenn sie ihre eingespielte Routine durchbrach.

Dies ist das letzte Mal, schwor sich Scarlett insgeheim, der der Weg zum Grab heute viel länger vorkam. Sie würde sich von ihrer Tante Jeannie kein schlechtes Gewissen mehr einreden oder sich mit den herrlich duftenden Schokoladenkeksen ködern lassen, die Scarlett just immer dann witterte, wenn ihre Tante eines ihrer Anliegen hatte.

»`S kalt heut«, murmelte Onkel Murry vor sich hin, ohne den Blick von dem kaum einsehbaren Weg zu heben.

Scarlett nickte zustimmend, wissend, dass ihr Onkel es zwar nicht sehen, aber von ihr erwarten würde. Denn auch dies gehörte zum Ritual.

Nach einer Ewigkeit, wie es Scarlett vorkam, verlangsamte der Leichenwagen endlich seine Fahrt und drosselte von Schnellschrittgeschwindigkeit auf Schrittgeschwindigkeit. Scarlett hätte am liebsten die Augen verdreht, stattdessen kniff sie sich in den Handrücken und wiederholte stumm ihr Mantra, das sie seit Kindertagen begleitete: »Wenn ich genug Geld gespart habe, gehe ich von hier fort. Wenn ich genug Geld gespart habe, gehe ich von hier fort. Wenn ich…«

»Wir sin da«, unterbrach Onkel Murry ihre Gedanken und hievte seinen Körper, der schätzungsweise zwanzig Kilo zu viel wog, aus dem Leichenwagen, der leise unter ihm knackte.

Auch Scarlett kletterte aus dem Wagen und genoss die kalte Luft um sie herum, die ihr fast zärtlich über das Gesicht fuhr. Als sich Scarlett nun genauer umsah, erkannte sie plötzlich wo sie waren und wilde Panik durchfuhr sie. »Nicht schon wieder«, stieß sie leise hervor und sah ihren Onkel flehend an, in der Hoffnung er würde ihre schlimmsten Befürchtungen mit einer unwirschen Handbewegung beiseite wischen.

Aber das tat er nicht. Tief über den matt beleuchteten Kofferraum gebeugt, grunzte er etwas, das Scarlett als Bestätigung hinnahm.

Verzweiflung überkam sie und ihr erster Gedanke war, den Weg einfach zurück zu laufen und Onkel Murry sich selbst zu überlassen. Aber er hatte ein schwaches Herz und die Arbeit würde anstrengend sein. Resigniert stellte Scarlett fest, dass sie keine andere Wahl hatte. Sie ließ sich eine Schaufel anreichen und begann zu graben. Bereits nach kurzer Zeit lief ihr der Schweiß in wahren Sturzbächen den Rücken hinab. Ihr Nacken wurde unangenehm kühl und ihre Handflächen wiesen die ersten Blasen auf, dennoch hörte sie nicht eher auf zu graben, bis sie das leise 'Tock' vernahm, das ihr den hölzernen Sargdeckel ankündigte. »Ich hab`s«, sagte sie leise, während sie bis zum Hals im Grab stand. Lose Erde rieselte von der Kante und Scarlett wurde übel, als sie daran dachte, was sie gleich erwartete. Obwohl sie diese nächtlichen Ausflüge schon seit frühester Kindheit mit ihrem Onkel unternahm, konnte sie sich einfach nicht daran gewöhnen.

»Mach`s auf«, befahl ihr Onkel einsilbig, der inzwischen am Rand des Grabes stand, in einer Hand eine alte Öllampe, deren funzeliges Licht huschende Schatten gebar.

Obwohl Scarlett an ihrer Angst fast erstickte, bückte sie sich und hob mit beiden Händen den knarrenden Sargdeckel an. Der ekelerregende Geruch von Verwesung trieb ihr die Tränen in die Augen, dennoch sah sie genug: der Sarg war leer. Stattdessen beleuchtete das matte Licht der Öllampe zentimetertiefe Kratzspuren auf der Innenseite des Sargdeckels.

»Wir müssen se suchen gehen«, knurrte Onkel Murry bei dem vertrauten Anblick.

Scarlett stand in der Dunkelheit da und nickte ergeben. So war es schon immer gewesen: die Toten von Hartford wollten einfach nicht still liegen bleiben, ja, sie verspotteten ihre letzte Ruhe geradezu. Seit jeher hatte es die rastlosen Toten in dieser Gegend von England gegeben, ebenso wie diejenigen, die sie zurückbrachten: die Totenjäger, Scarletts Familie.

»Wo wird se wohl sein?«, fragte Onkel Murry, während er behäbig zurück zum Leichenwagen schlurfte.

Scarlett nahm neben ihm Platz und ein wehmütiges Lächeln huschte über ihr Gesicht. »Miss Patrell war vierzig Jahre lang Grundschullehrerin, suchen wir sie in ihrem Klassenraum.«

Zuckelnd rollte der Leichenwagen an und hüllte Scarlett in die vertrauten Aromen von Tod und Verwesung, während sie sich schmerzhaft in den Handrücken kniff und stumm ihr Mantra

wiederholte: »Wenn ich genug Geld gespart habe,
gehe ich von hier fort. Wenn ich genug Geld gespart habe, gehe ich von hier fort. Wenn ich…«

Dreizehnte Geschichte:

Panicroom

»Ich habe dich nie geliebt, Joana.«

»Ich weiß.«

»Wie könnte ich so etwas wie dich auch lieben? Du bist schwach und hast kein Durchhaltevermögen, nichts bringst du zu Ende.«

»Du kannst mich nicht mehr umstimmen, Martin. Heute werde ich dich endgültig hinter mir lassen.«

»Wie willst du das denn anstellen? Willst du mich etwa umbringen? Denk dran: Du gehörst zu mir. Wir kennen uns schon zu lange, du kannst mir nichts vormachen. Joana, ich rieche deine Angst.«

»Ich habe keine Angst mehr vor dir, Martin. Nicht mehr.«

»Ach, red nicht so einen Scheiß daher. Das bist nicht du. Es ist dieser Quacksalber, der auf dich einredet, der dir sagt, ich sei nicht gut für dich. Was weiß der denn schon? Wir gehören zusammen, Baby. Du und ich. Für immer.«

»Ich kann deine ewigen Lügen nicht mehr ertragen! Ich habe es satt, mir Vorschriften von dir machen zu lassen und von dir in die Ecke gedrängt zu werden. Ich will mein Leben wiederhaben. So, wie es vorher war!«

»Joana, du kommst nicht weit ohne mich. Ich bin es, der dich aufrichtet, wenn es dir schlecht geht, der dich als Einziger versteht. Niemand außer mir kennt dich so gut.«

»Hau ab! Verschwinde aus meinem Leben, du Bestie!«

»Sieh dich nur an, wie du dich zum Gespött der Leute machst. Komm schon, schlag mich doch. Versuchs. Na los doch!«

»Ich hasse dich, Martin. Du widerst mich an! Siehst du, was ich in der Hand halte? Schau es dir genau an. Oh ja, du weißt genau, was es ist, nicht wahr? Damit werde ich dich jetzt vernichten, ein für alle Mal. Verschwinde aus meinem Leben!!!«

»Frau Gerten, geht es Ihnen gut? Können Sie mich hören?«

Sie blinzelte und als sie die Augen aufschlug, war sie im ersten Augenblick nicht sicher, wo sie sich befand.

Ein grauhaariger Mann mit freundlich dreinblickenden Augen stand gebeugt über ihr. »Fühlen Sie sich wohl? Es war doch anstrengender für Sie, als ich dachte.«

Mühsam setzte sie sich auf und stellte erstaunt fest, dass sie in einem Ledersessel saß. »Was ist passiert?«, fragte sie heiser. »Habe ich Martin umgebracht?«

Der grauhaarige Mann lächelte und nahm ihr gegenüber Platz. »Ja«, antwortete er milde. »Wie fühlen Sie sich jetzt?«

Erstaunlicherweise fühlte sie sich gut. Zwar war sie nach wie vor etwas desorientiert, aber sie hatte das

Gefühl, sich seit Monaten nicht mehr so gut gefühlt zu haben.

»Wissen Sie, wo Sie sind?«

Langsam sah sie sich um. Sie saßen in einem gemütlich eingerichteten Raum, an dessen Wänden meterhohe Bücherregale standen. Alles war in braunem Holz gehalten und strahlte Wärme und Behaglichkeit aus.

Als der Arzt ihren fragenden Blick auffing, beantwortete er seine Frage selbst: »Sie befinden sich in einer psychiatrischen Klinik. Mein Name ist Dr. Robert Haas, ich bin Ihr behandelnder Arzt. Ihr Mann ließ Sie vor fünf Monaten einweisen und seitdem sind Sie unsere Patientin.«

»Mein Mann?«, fragte Joana irritiert. »Martin?«

Doktor Haas schenkte ihr ein nachsichtiges Lächeln. »Nein, Joana. Ihr Mann heißt Thomas. Martin ist ein Alter Ego von Ihnen.«

Als sie wieder nicht antwortete, sprach der Arzt weiter: »Sie leiden an einer Krankheit, die wir Schizophrenie nennen. Sie haben multiple Persönlichkeiten, die alle eine bestimmte Funktion erfüllen. Martin zum Beispiel war einer davon. Es war ein hartes Stück Arbeit, Sie dazu zu bewegen, ihn abzulegen. Oder umzubringen, wie Sie es eben ausgedrückt haben. Das ist ein großer Fortschritt.«

Noch ehe Joana antworten konnte, ging plötzlich eine Tür zu ihrer Rechten auf und eine junge Frau in einem weißen Kittel trat ein. Sie lächelte ihr im Vorbeigehen freundlich zu.

Joana bemerkte die dicke Mappe, die die andere Frau im Arm hielt, doch bevor sie sie danach fragen konnte, hatte die Frau bereits ihr gegenüber Platz genommen.

Dort, wo vor wenigen Sekunden noch Doktor Haas gesessen hatte.

»Guten Tag, Joana. Wie geht es Ihnen heute?«, fragte die Frau freundlich und lehnte sich zurück, während sie ihr aufmerksam ins Gesicht sah. »Ich bin Dr. Samantha Finn, Ihre behandelnde Therapeutin.«

Joana hörte in der Ferne jemanden schreien.

Es klang, als habe derjenige Todesangst, und es dauerte einen Augenblick, bis sie begriff, dass sie es war, die aus Leibeskräften schrie…

Vierzehnte Geschichte:

Abwärts

Freihändig stehe ich auf dem Geländer und warte darauf, endlich in die Tiefe zu stürzen. Ich will es hinter mir haben, endlich frei sein. Geblendet von der hellen Sonne habe ich die Augen zusammengekniffen und kann den breiten Fluss unter mir mehr hören, als sehen. Das lockende Glitzern des vorbeirauschenden Wassers unter mir macht mich schwindelig, und entfacht in mir den drängenden Wunsch, mich fallen zu lassen. Hinter mir höre ich aufgeregte Stimmen, doch ich ignoriere sie. Ich will jetzt nichts hören, nichts sehen, sondern einfach nur dastehen und die letzten Augenblicke genießen.

Früher habe ich Menschen nicht verstehen können, die zu solchen Mitteln greifen, doch heute bin ich eine andere Frau, und diese andere kann es verstehen. Den mächtigen Wunsch, alles hinter sich zu lassen, neu zu beginnen, auch wenn dies einen verzweifelten Schritt beinhaltet.

Das schmiedeeiserne Geländer der Brücke, auf der ich stehe, ist unter meinen nackten Füßen warm und als ich langsam die Zehen bewege, habe ich fast das Gefühl, die vielen Meter unter mir zu spüren. Es ist, als würden sie mich an der Fußsohle kitzeln, mich rufen und locken, endlich den letzten und alles entscheidenden Schritt zu tun.

Wieder weht der laue Sommerwind verschwommene Stimmen an mein Ohr und dieses Mal wende ich den Kopf. In einiger Entfernung erblicke ich meinen Mann und mein Herz wird schwer. Sein attraktives Gesicht ist vor Sorge verzerrt und ich sehe die Angst in seinen Augen. Am liebsten würde ich ihm zurufen, dass alles in Ordnung ist, dass er unbesorgt sein kann, doch ich tue es nicht. Was würde es nützen? Er würde die Lüge ohne weiteres von meinen Lippen ablesen. Denn nichts ist in Ordnung. Ich habe entsetzliche Angst und auch wenn ab und an das Gefühl einer unbestimmten Schwerelosigkeit von mir Besitz ergreift, weiß ich, dass es kein Zurück mehr gibt.

Ich wende den Blick ab und starre erneut nach unten auf das tosende Wasser, das sich in einem breiten Strom unter mir dahinwälzt. Dann schließe ich unvermittelt die Augen, spüre ein letztes Mal all meine Sorgen und Nöte, meine Ängste und Unzulänglichkeiten, bevor ich mich endgültig abstoße.

Es ist, als würde ich endlos fallen. Der Wind streicht über mein Gesicht, verfängt sich in meinen Ohren und will mir die Augen zudrücken. Ich aber will sehen, muss mir jeden Augenblick einprägen und schärfe all meine Sinne. Unaufhaltsam und rasend schnell kommt die Wasseroberfläche auf mich zu. Das verspielte Glitzern wird von einem Gurgeln untermalt und als ich bereits fest damit rechne aufzuschlagen, reißt ein harter Ruck mich wieder nach oben.

Laut jubelnd recke ich die Faust in die Luft, während das dicke Gummiseil mich sicher hält. Ich hebe den Kopf an die Brust, um nach oben zu blicken. Dort steht mein Mann, die Finger so fest um das Brückengeländer geschlungen, dass seine Knöchel bereits weiß hervortreten. Unsere Blicke treffen sich und dann endlich stiehlt sich auch ein Lächeln auf sein Gesicht.

Fünfzehnte Geschichte:

Nachts, wenn alles dunkel ist

Alice schreckte aus dem Schlaf auf und lag mit pochendem Herzschlag da. Irgendetwas hatte sie geweckt, ohne, dass sie sagen konnte was es war. Nachdem sie noch einen Augenblick in die Dunkelheit gelauscht hatte, schwang sie ihre Beine über die Bettkante und blieb reglos sitzen. Jede Müdigkeit war von ihr gewichen, sie spürte, wie Schweiß ihren Rücken hinunter rann und hörte ihren eigenen Atem.

Das ist viel zu laut, schoss es ihr durch den Kopf. Wenn jemand in meiner Wohnung ist, hört er mich auf jeden Fall.

Alice holte tief Luft und versuchte, ihr jagendes Herz zu beruhigen. Niemand war da, redete sie sich selbst gut zu, bevor sie aufstand. Sie tastete nach dem Lichtschalter, doch auch nachdem sie mehrmals den Schalter betätigt hatte, blieb alles dunkel. Na toll, wieder ein Stromausfall, fluchte sie und spürte, wie sie langsam in Panik verfiel. So leise sie konnte öffnete sie ihre Schlafzimmertür. Der Flur lag in völliger Dunkelheit vor ihr und außer ihrem leisen Atem war nichts zu hören. Alice hielt die Luft an, doch alles blieb vollkommen still. Dennoch ließ die eiserne Faust der Angst sie nicht los, würgte sie am Hals, bis sie das Gefühl hatte, keine Luft mehr zu bekommen. Benommen hielt sie sich am

Türrahmen fest. Das ist doch bescheuert, fluchte sie in Gedanken, du bist eine erwachsene, gestandene Frau, hör auf mit deinen Hirngespinsten!

Langsam tastete sie sich an der kühlen Wand des Flurs entlang, der Richtung Wohnzimmer führte. Ein schmaler Streifen Mondlicht fiel ins geräumige Wohnzimmer und erhellte es soweit, dass Alice die Konturen ihrer Möbel erahnen konnte. Alles war still, nichts regte sich. Durch zwei der geöffneten Fenster strömte kühle Nachtluft hinein und Alice kämpfte gegen den Impuls sie zu schließen. Da kann niemand durch, es sein denn er ist ein Schlangenmensch, schalt sie sich selbst und machte sich auf die Suche nach der Taschenlampe, die sie für Notfälle in einer Kommode aufbewahrte. Doch als sie das Gerät einschalten wollte, blieb der beruhigend dunstige Strahl der Lampe aus. Ärgerlich schüttelte Alice sie, doch es war zwecklos.

Wahrscheinlich habe ich vergessen die Batterien zu wechseln, versuchte sie sich zu beruhigen, doch es gelang ihr nicht, und sie ließ die Lampe vor Nervosität laut polternd in die Schublade zurückfallen. Alice schrie leise auf und starrte mit weitaufgerissenen in die Dunkelheit, darauf gefasst, dass gleich Irgendetwas auf sie zugestürmt kam. Doch nichts geschah. Ich werde langsam verrückt, dachte sie, während ihr Herz in ihrer Brust galoppierte und sie ihr T-Shirt durchschwitzte. Dann erinnerte sie sich plötzlich an das Feuerzeug, mit dem sie gestern Abend ein paar Kerzen angezündet hatte und tastete sich bis zu ihrem Wohnzimmertisch vor, auf dem die Utensilien immer noch lagen. Seufzend hielt Alice das Feuerzeug an den Doch der Kerze und war unendlich dankbar für das warme Licht, das kurz darauf aufflammte. Mit vorgehaltener Hand, damit die Kerze nicht ausging, tapste sie Richtung Küche. Auch dort war alles still. Dennoch untersuchte Alice jeden Winkel, leuchtete hinter die Tür und zerrte sogar den Vorhang des großen Vorratsschrankes auf, doch alles war so, wie sie es zuletzt verlassen hatte. Sie zog eine der Schubladen auf und holte ein schweres Fleischermesser mit massivem Griff hervor. Durch die Waffe schon etwas beruhigter als zuvor, ging Alice weiter ins Badezimmer. Wieder versuchte sie das Licht einzuschalten, doch zu ihrem Ärger musste sie sich weiter auf das flackernde Licht der Kerze verlassen. Sie wiederholte die Prozedur aus der Küche, schaute hinter die Tür und in die Dusche und überzeugte sich, dass nirgendwo jemand auf sie lauerte. Der Griff des Messers in ihrer Hand wurde langsam glitschig, so dass sie sich die Handflächen an ihrem feuchten T-Shirt abwischen musste. Sie hatte immer noch entsetzliche Angst und hatte das unbestimmte Gefühl, dass sie irgendetwas vergessen hatte. Nun blieb nur die kleine Rumpelecke hinten im Flur übrig, die sie als Abstellraum nutzte, um dort sperrige Sachen wie das Bügelbrett und den Wäscheständer unterzustellen. Auf Zehenspitzen schlich Alice vorwärts, während das Licht der Kerze unruhig flackerte. Entschlossen umklammerte sie den Griff des Messers fester. Sie überlegte

gerade, ob sie einen Überraschungsangriff starten
sollte, als ihr etwas laut fauchend an die Beine
sprang. Mit einem entsetzten Schrei wich Alice zurück, ließ die Kerze fallen, die sofort erlosch, und
blieb keuchend in der Dunkelheit stehen. Sie hörte
das Blut in ihren Ohren rauschen und ein kalter
Schauer jagte ihr über den Rücken, der ihr eine
Gänsehaut bescherte. Ein leises Maunzen ließ sie
verdutzt innehalten und einen angstvollen Augenblick später hätte sie am liebsten laut gelacht. Zu
ihren Füßen kauerte sich ihre Katze Chloe, ebenso
verstört und aufgeschreckt wie ihr Frauchen.

»Tut mir leid, Süße, ich wollte dich nicht er-
schrecken«, flüsterte Alice und beugte sich zu ihrer
Katze hinunter, um sie zu liebkosen. »Alles in Ordnung, geh wieder ins Bett«, murmelte sie und
wusste nicht so recht, wen von ihnen beiden sie nun
meinte. Alice hob die erloschene Kerze auf, ertastete
sich den Weg zu ihrer Schlafzimmertür und schloss
sie hinter sich. Kurz überlegte sie noch, ob sie auch
unter ihrem Bett nachschauen sollte, verwarf den
Gedanken aber rasch wieder. Sie hätte wieder zurück ins Wohnzimmer gemusst, würde dort das
Feuerzeug suchen müssen und dann wieder zurück-
gehen. Müde krabbelte sie unter die Bettdecke und
lauschte ein letztes Mal. Als ihr nur die Stille der
leeren Wohnung antwortete, drehte sich Alice auf
die Seite und war binnen Minuten vor Erschöpfung
wieder eingeschlafen.

Sie hörte das leise Kratzen nicht, das unter ihrem Bett hervordrang und sah auch nicht den Fuß, der wenig später hervorlugte.

Sechzehnte Geschichte:

Tränen aus Glas

Er sah die Leichen der beiden Männer am Boden liegen. Eine riesige Blutlache kam unter einem von ihnen langsam hervorgekrochen. Das dunkelrote Nass sah klebrig aus und der süßliche Geruch, der von ihm ausging, ließ ihn würgen. Schnell wandte er den Kopf ab. Er erschrak, als er die schattenhaften Umrisse hinter den zugezogenen Gardinen wahrnahm. Sie waren also gekommen. Nun war es nur noch eine Frage der Zeit, bis er sterben würde.

Mit dem schweren Gewehr in der Hand stand er zwischen den am Boden liegenden Menschen. Er konnte ihre Panik beinahe fühlen, hörte ihre wilden Schluchzer, einer von ihnen betete. Eine junge Frau presste ihr Baby, das leise weinte, fest an sich und schützte es mit ihrem Körper. Der Anblick tat ihm weh und erinnerte ihn an etwas, das er lieber vergessen wollte. Er drehte sich um und starrte in die andere Richtung. Er hatte gerade zwei Männer erschossen. Männer, die vielleicht Väter waren, Brüder, Ehemänner. Die jemand vermissen würde und die auf dieser Welt einen blinden Fleck hinterließen.

»Niemand rührt sich! Der Nächste, der einen Mucks von sich gibt, ist tot!«, brüllte er und fragte sich verwundert, wer dieser wütende Kerl war, den er da schreien hörte.

Es war gar nicht so lange her, da hatte er noch ein Leben gehabt. Er hatte in einer gut gehenden Firma gearbeitet, hatte ein schönes Haus in einem attraktiven Vorort besessen, in dem noch jeder jeden grüßte. Eine wunderschöne Frau, die sein Kind unter dem Herz trug, hatte ihr Leben mit ihm geteilt.

Doch vor zwei Tagen war seine heile Welt heimtückisch zerstört worden. Vom Schicksal mit langen scharfen Krallen in Stücke gerissen und vernichtet worden.

Eine Bewegung, die er aus den Augenwinkeln wahrnahm, riss ihn aus seinen Gedanken. Ohne darüber nachzudenken feuerte er auf den schwarzen Schatten, der sich vor dem Fenster abzeichnete. Das große Fenster zersplitterte in tausend kleine Glasstücke, während die Menschen entsetzt aufschrien und sich vor den umherfliegenden Teilen schützend in Sicherheit brachten.

»Nicht schießen, nicht schießen!«, brüllte jemand von draußen, den er nicht sehen konnte.

Wie aus einer Trance erwachend sah er den leblosen Körper am Boden liegen. Papierschachteln lagen um ihn verstreut und bildeten ein bizarres Muster. Eine knallrote Mütze fiel ihm ins Auge. Er bückte sich danach und hob sie auf.

»Um Gottes Willen, warum haben Sie das getan?«, schrie jemand aus der Menge, die er jetzt erst bemerkte.

Er verstand immer noch nicht.

Verwundert sah er auf das Durcheinander am Boden und die Erkenntnis traf ihn wie ein Blitz. Es war der Pizzabote. Er hatte vorhin etwas zu Essen bestellt. Für die Geiseln. Das war, bevor er die zwei Männer erschossen hatte. Und den Jungen. Seine Beine drohten unter ihm nachzugeben. In diesem Moment bemerkte er den unscheinbaren rotflirrenden Punkt auf seiner Brust. Langsam wanderte er nach oben, wo er aus seinem Blickfeld verschwand. Er wusste, was das zu bedeuten hatte. Der Tod hatte ihn endlich gefunden.

»Der Nächste bitte.«

Er hatte das Ende der Schlange erreicht und las den Zettel, den er in der Hand hielt, ein letztes Mal durch: 'Ich bin bewaffnet. Geben Sie mir alles an Geld, was Sie dahaben.'

Er dachte an seine schwangere Frau, die im Krankenhaus lag. An die Ärzte, die die teure Operation nicht wagen wollten, weil seine Versicherung nicht zahlte. Er brauchte das Geld.

»Der Nächste bitte!«

Er blickte auf und sah einen kleinen Jungen neben seiner Mutter stehen. Stolz tastete er immer wieder nach der knallroten Mütze auf seinem Kopf. Mit einem Mal drehte er sich um und winkte ihm zu.

»Sir, was kann ich für Sie tun?«, der Schalterbeamte hatte sich inzwischen verärgert nach vorne gebeugt.

Er winkte dem Jungen freundlich zurück. Plötzlich hörte er das ohrenbetäubende Geräusch von zerberstendem Glas und der süßliche, unverkennbare Geruch von Blut stieg ihm in die Nase. Erschrocken sah er sich um, doch es war nichts Außergewöhnliches zu sehen.

»Sir, wenn Sie nicht wissen, was Sie wollen, machen Sie bitte Platz für die anderen Kunden.«

Er drehte sich um und sein Blick fiel auf eine junge Frau, die hinter ihm stand. Ihr Baby, das sie sich mit einem bunten Tuch um den Körper gebunden hatte, schlief tief und fest an ihrer Brust.

»Sir, wenn Sie nicht sofort Platz machen, rufe ich den Sicherheitsdienst!«

Die Frau hinter ihm schenkte ihm ein zaghaftes Lächeln. Er lächelte zurück. Entschlossen zerknüllte er den Zettel in seiner Hand. Es musste eine andere Möglichkeit geben, um seine Frau und das Baby zu retten. Wortlos verließ er die Bank, ohne sich noch einmal umzudrehen.

Das schwere Gewehr unter seinem Mantel hatte niemand bemerkt.

Letzte Worte des Autors

Ich entschuldige mich, falls Du beim Lesen dieses Buches keine Gänsehaut hattest. Oder nicht geweint hast. Und es tut mir leid, wenn es Dich nicht wie einen Liebesroman oder ein Krimi unterhalten hat.

Aber ich verspreche Dir, dass wenigstens eine der Geschichten einen Weg unter Deine Haut gefunden hat. Und dort auch bleibt. Ab und an wirst Du an sie denken und wieder wird sich das Gefühl einstellen, das Du beim Lesen hattest.

Wenn dies geschieht, so habe ich gute Arbeit geleistet.

H.P. Warcraft